Michael „Bundy“ Roth

Schmetterlingspoesie – Band 4

100 Gedichte über Leben, Tod, Liebe, Trauer und Hoffnung

Front-Cover-Foto von Laurence Destrade

Back-Cover-Fotos von Hennes Lenz und Laurence Destrade

Ebenfalls erhältlich:

Schmetterlingspoesie – Band 1:

www.amazon.de/dp/1480110590

Schmetterlingspoesie – Band 2:

www.amazon.de/dp/1481048082

Schmetterlingspoesie – Band 3:

www.amazon.de/dp/1482357569

Deine Flügel sind die meinen – Kurzgeschichten Band 1:

www.amazon.de/dp/1492909602

Homepage: **www.schmetterlingspoesie.de**

facebook: „Schmetterlingspoesie-Fanseite“

und „In loving memory“-Gruppe

Für Pofpof – Fly in peace~~~

Ad fontes

Ich war so gerne dort am Fluss,
wo unter kleinen Wasserfällen
Fische standen, wie die Schatten
blütenbunter Prachtlibellen.

Ich saß am Ufer, stillbewegt,
beneidete die glatten Wellen,
die keine Müh und Sorge hatten,
wie ihre Freunde, die Forellen.

Ich sah dem Wasser hinterher,
das unter duftend morgenhellen
Wolken Richtung Osten floss
und fiel, an manchen Stellen.

Am Abend stand ich langsam auf,
hörte Schäferhunde bellen,
ging lächelnd auf die Sonne zu
und auf die fernen Quellen.

Unter der Linde

Ich saß am Abend ganz allein
unter dieser alten Linde,
in meiner Hand ein kalter Stein,
in meinem Rücken warme Rinde.

Die Blätter flüsterten mir ein,
im lauen Sommerwinde,
dass ich bald, nach all der Pein
Vertrauen, Glück und Frieden finde.

Die Tränen meiner Nacht

Sie füllten einen Ozean,
die Tränen meiner Nacht,
doch sie wurden nie geweint,
nur jahrelang verlacht.

An jedem neuen Morgen

Wenn an jedem neuen Morgen
jede Angst und alle Sorgen
und alles Dunkle dieser Welt
aus dem Kopf ins Weite fällt,
dann fühl ich mich in ihm geborgen,
weiß, dass ein Engel seine Flügel
über meine Seele hält.

Anvertraut

Ich konnte kein Gehör dir geben,
denn es war in mir so laut,
da hab ich still mein ganzes Leben
deiner Liebe anvertraut.

Mutter

Mutter, ich bin immer hier,
auch wenn ich dir jetzt fehle,
ich sitz gerade neben dir
und streichel deine Seele.

Am Morgen

Der Zweifel, der am Abend dich
mit Schatten und Tristesse bemalt,
am Morgen wie ein sanftes Licht
durch meine off'nen Flügel strahlt.

Wolkenkuss

Aus den schönsten Wolkenstücken
lachst du zu uns runter,
und uns're grauen Augenblicke
werden wieder bunter.

Aus dem Abendhorizont
blickst du auf uns nieder,
und wir wissen, irgendwann
sehen wir uns wieder.

Ich sehe dich

Wenn du mir ein Lächeln schenkst,
sag ich leise danke,
weil uns're Liebe niemals bricht,
und immer, wenn du an mich denkst,
leuchtet dein Gedanke
in meiner Seele wie ein Licht.

Der Erschaffende

(für Leif-Erik Voss)

Aus den Fasern eines Baums,
aus den Adern eines Traums
erschaffst du neue, stille Wesen,
die wissen, wer du einst gewesen.

Seelenblüte

(für/von Nana ~ Fly in peace ~)

Manchmal ist das ganze Leben
wie eine Rose ohne Triebe,
wenn alles geht, was Halt gegeben,
wenn alles brennt und rot verglüht,
doch immer bleibt die Liebe,
die bunt in deiner Seele blüht.

Trost im Regen

Wenn Regen auf die Tränen fällt
und die Tropfen sich vereinen,
wo deine Hand die meine hält,
dann fließt dein Trost in meine Welt
und ich kann nicht mehr weinen.

Nicht zurück

Schau nicht zurück,
denn dort gehst du nicht hin,
spür im Augenblick
das Wahre, den Sinn.

Regenbogenkuss

Wahre Lieb' und Herzensgüte
wachsen nur am Tränenfluss,
und aus jeder neuen Blüte
fliegt ein Regenbogenkuss.

Erbarmen

Als alle meine Lieben starben
fragte ich: "Ist das Erbarmen?",
und hörte: "Weine nur, doch sei nicht blind,
Erbarmen ist ein Sonnenkind."

Leichtfühlen

Befühle dich mit leichten Dingen,
mit Wolken, Federn, Schmetterlingen,
dann wird dir alles leichter fallen
und aus den dunklen Seelenhallen
werden lichte Töne dringen,
die deine Engel von dir singen.

Nicht fort

Ich bin nicht fort,
fühlst du es nicht?
Ich bin das Wort,
das nie zerbricht.
Ich bin die Liebe
und das Licht.
Ich bin nicht fort,
vergiss das nicht.

Lebenswunsch

Hätt mir einer mal gesagt,
dass ich mir dieses Leben
und das Leid darin
gewünschet hab,
ich hätt ihn wohl erschlagen,
ohne Waffe und Befehl.

Doch heute weiß ich, es ist wahr,
dass nichts im Leben Zufall war,
dass ich alles, was ich bin
erschaffen hab
an lichten Tagen,
zum Wohle meiner Seel.

Seelengedenken

Als ich deiner Seel gedachte
streifte mich ein warmer Wind,
und als die Sonnenmutter lachte
wusst' ich, dass wir ewig sind.

Das Buch der Seele

Mein Seelenbuch hab ich geschrieben,
lange vor dem ersten Schrei,
ich kann es hassen oder lieben,
das steht mir immer frei.

Jede Seite ist ein Test
für die Kraft der Seelenwände,
nur eines steht schon immer fest:
das Buch der Seele hat kein Ende.

Flieg!

Flieg, mein Liebster, fliege weit,
in das Licht der schönsten Welt,
und mal mir aus Unendlichkeit
die Hand, die meine Seele hält.

Herzgestalter

Wenn mich die alten Zweifel finden,
mein Herz an dunkle Schatten binden,
dann schickt sie einen bunten Falter
und ich bin wieder Herzgestalter.

Gedankenfluss

Ich hielt mich früher immer fest
an jedem Nachtgedankenrest,
ließ ihn wüten tief im Herzen
und suhlte mich in meinen Schmerzen.

Heut lass ich die Gedanken fließen,
ohne Macht und Energie,
und freu mich, wenn Gefühle sprießen,
denn in Gefühlen ist Magie.

So seh ich hinter den Gedanken
und hinter diesen dunklen Dingen
heute ohne alle Schranken
die Herrlichkeit von Schmetterlingen.

An den Sohn

Kann der Wind denn von mir gehen,
die Sonne und der Mond?
Kann die Liebe denn verwehen,
obwohl sie doch in allem wohnt?
Kannst du meine Seele sehen,
mein geliebter Sohn?

Deine Liebe

Deine Liebe war ein Segen
für die ganze Welt,
denn was du in dem Jahr gegeben
hat die Finsternis erhellt.

Phantasie

Die Phantasie der Weinenden
lässt sie in ferne Welten geh'n,
die die stets Verneinenden
noch nie bei Tag geseh'n.

Die Phantasie der Trauernden
lässt sie fliegen über Seen,
an deren Rand die Mauernden
mit off'nen Mündern steh'n.

Die Phantasie der Schenkenden
lässt sie täglich glücklich sein,
und die ständig Denkenden
sind in ihrer Nacht allein.

Wie?

Wie soll ich sie beschreiben,
die Stille meiner Welt?
Wie soll ich es bestreiten,
dass sie mich nicht mehr hält?

Wie soll ich es erklären,
das Dunkel meiner Nacht?
Wie soll ich mich ernähren,
wenn alles hungrig macht?

Wie soll ich Frieden finden
in meiner Einsamkeit?
Wie soll ich nicht erblinden
im Anblick dieser Zeit?

Allein im Sand I

Ich sitze hier allein im Sand
und frage, ob du mich vermisst,
als der Wind mir deine Liebe
auf die blanke Seele küsst.

Allein im Sand II

Ich sitze hier allein im Sand
und frage mich, ob er noch lebt,
als der Wind mir seine Hand
auf die blanke Seele legt.

Die Quelle der Liebe
liegt nicht in der Ferne
und nicht in der Mitte
der funkelnden Sterne.

Ich spüre es oft
mit geschloss'nem Visier,
die Quelle der Liebe
liegt in mir.

Imago

Deine neugebor'nen Schwingen
berührten mich so sanft und zart,
und konnten mir von Orten singen,
wo ihr Menschen niemals wart.

Freisetzung

Wir setzen nur den Körper bei
an diesen tränenvollen Tagen,
denn die Seele, sie ist frei,
will nicht, dass wir verzagen.

Deine Augen

Nach deinen Augen malte er
diese Flügelpracht,
aus deinen Augen strahlte er
in meine dunkle Nacht.

Ahnung vom Glück

Heut fang ich an zu gehen,
lass die Schatten hier zurück;
wo warme Winde wehen,
dort ahne ich das Glück.

Hoffnung

Wenn durch das Grau das Grüne bricht,
von Gott bestreut mit Glimmerlicht,
wenn neue Flügel sich entfalten,
dann will die Seele innehalten.

Antwort

Wir sind die Antwort
auf uns're Gebete,
die Heilung für
all uns're Schmerzen,
und der kalte Wind,
der draußen wehte,
weht jetzt warm
durch uns're Herzen.

Sicherlich

Im Sand der fernsten Strände
liegt sicherlich das bunte Band,
das ich gern wiederfände.

Im Land ganz ohne Wände
schließt sicherlich die eine Hand
sich um deine lieben Hände.

Im All eins

Oft meinen wir, wir sind allein
in dieser limitierten Zeit,
doch in Wahrheit sind wir im All ein
Gefüge voller Ewigkeit.

Was ich nie sah

Nie sah ich, was am Himmel flog,
und nie, was mit den Wolken zog,
nie sah ich diese kleinsten Dinge,
die Blumen und die Schmetterlinge,
doch als die Nacht zu Ende war,
war plötzlich dieser Falter da.
Heut ist mir das, was ich nie sah,
wie mein eig'nes Herz, so nah.

Seelenstern

In meiner Seele leuchtest du,
ich seh dein Licht so gern,
ich mache meine Augen zu
und spüre, du bist mir nicht fern.
Ich find in deinem Scheine Ruh,
mein Schmetterling, mein Seelenstern.

Der Schatz in der Ruine

Ich dachte, dass ich nichts verdiene,
dass mein Werk nicht wertvoll sei,
mein Herz war eine Silbermine,
doch ich förderte nur Blei.

Wenn nur ein Engel mir erschiene,
dachte ich bei mir und fand
einen Schatz in der Ruine
- und habe seinen Wert erkannt.

In eigener Kraft

Oft lag ich am Boden, ganz allein,
wollt nicht mehr am Leben sein,
doch ich habe es heute in Liebe geschafft
- und lebe und stehe in eigener Kraft.

Engel

Manchmal kommen sie auf Erden
und gehen wieder, viel zu schnell
für uns, die wir im Dunkel bleiben,
die wir weinen, suchen, leiden,
doch ihre Liebe scheint so hell
und tief in uns're Seelen,
dass wir im Kern für alle Zeiten
still und stark und wissend werden.

Nach Haus' zurück

Was ich gestern Unglück nannte,
weil ich seinen Grund nicht kannte,
entpuppte sich als großes Glück,
führte mich nach Haus' zurück.

Die Mühlen des Lebens

Nicht was wir haben, ist das Leben,
nein, nur was wir geben;
nicht was wir denken, speist die Mühlen,
nur das, was wir im Herzen fühlen.

Was sich wirklich lohnt

Ich kann die ganze Welt vermessen,
die Meere und den Mond,
doch ich werde nie vergessen,
dass alles, was sich wirklich lohnt,
in meinem jungen Herzen wohnt.

Aus dem Grab

Du schienst verloren in der Dunkelheit,
bedeckt mit altem Boden,
doch ein Falter aus Unendlichkeit
ist aus dem Grab geflogen.

Himmelblau

Der Himmel, er ist wieder blau,
seit ich nicht mehr nach oben schau,
nein, auch nach vorne und zur Seite,
zum Horizont, ins Ferne, Weite.

Im Angesicht der Flügelwesen
wird mir immer klar,
dass alles, was wir heute lesen,
was wir sehen, viel zu rar,
und alles, was uns fremd gewesen,
schon immer Wort und Farbe war.

Am Seelenteich

Der Körper wird der Seele gleich,
egal, wie wir uns mühen,
und abends wird am Seelenteich
deine Blume blühen.

Das Geheimnis des blauen Schmetterlings

(für Alice, von Georg)

Ein wunderblauer Schmetterling
landete auf mir.
Erst dacht' ich 'Ach, du dummes Ding,
das ist doch nur ein Tier!'

Heut weiß ich, dass trotz allem Leid
ich dich nie verlier,
denn dieser Kuss der Ewigkeit
war gewiss von dir.

So bunt

So bunt ist die Unendlichkeit,
die Mutter aller Regenbogen,
so bunt sei nun auch deine Zeit,
auch wenn ich wieder fortgeflogen.

Im Feuer

(für alle trauernden Motorradfahrer)

Was ich im Feuer einst verloren,
das mit Tränen nicht zu löschen war,
das ward mir heimlich neugeboren,
ist immer bei mir, wenn ich fahr.

Auffalten

Wir drängen uns im Dunkelkalten,
keiner singt und keiner lacht,
wollen uns an Tränen halten,
die das Schicksal uns gebracht.

Wir suhlen uns wie Pechgestalten
in dreckigschwarzer Tracht,
statt hoffnungsvoll uns aufzufalten
wie eine Blüte nach der Nacht.

Dankbarkeit

Seit ich für alles dankbar bin,
was mir das Leben bringt,
hat es endlich einen Sinn,
der tief in meine Mitte dringt,
denn Dankbarkeit ist der Beginn
des Liedes, das die Seele singt.

Am Herzen des Vaters

(für meinen Freund und Vater Peter)

Ich bin jetzt frei
von Mantel und Schuhen,
werd immer am Herzen
des Vaters ruhen.

Seelenkind

Ein Wort, es flog mir aus dem Mund
und flatterte im Wind,
es war so wild und frei und bunt,
ein neugebor'nes Seelenkind.

Selbstliebe

In deine Liebe legte ich
mein Herz und meine Kraft,
doch die Liebe hat es nicht
durch die Nacht geschafft.

Am Morgen lag ich dann allein
mit Herz und Kraft am Boden,
fand die Liebe in mir selbst
und bin nach Haus' geflogen.

Happy birthday

(für meine Mama zum 62. Geburtstag)

Seit 62 Jahren
bist Du immer für mich da,
und auch wenn wir nicht zusammen waren,
warst Du mir doch immer nah.

Ich bin so dankbar für die Zeit
und alles was Du mir gegeben,
ich wünsche Dir Glückseligkeit
und noch ein schönes, langes Leben.

Die Klänge deiner Liebe
klingen in mir nach,
und heilen meine Seele,
die damals still zerbrach.

Jeden Tag

Mutter, ich vermiss dich nicht,
denn ich bin bei dir, jeden Tag.
Mutter, ich vergess dich nicht,
weil ich nie dort im Sarge lag.
Mutter, Mutter, weine nicht,
wenn ich dir im Traume sag:
"Mutter, ich vermiss dich nicht,
denn ich bin bei dir, jeden Tag."

Der erste Flug

(für alle Sternkindeltern)

Willkommen in den lichten Weiten,
mein geliebtes Engelkind,
hier wohnst du schon seit Ewigkeiten
in den Wolken, auf dem Wind.

Heim kamst du diesmal vor den Zeiten
mit dem Regenbogenzug,
lässt von der Liebe dich begleiten
auf deinem ersten Flug.

Godspeed

(für Yoshinari Matsushita ~ Fly in peace ~)

Dein Geist, er bleibt für immer hier,
begleitet mich auf jeder Runde,
doch obwohl ich weiß, du bist bei mir,
vermisse ich dich - jede Stunde.

Schutzengel

(für Jenny)

Er hält die Hände über mich,
obwohl ich ihn noch nie gesehn,
ich spür ihn oft im Dämmerlicht
ganz nah an mir vorüberwehn.

Er hat mich oft vor schlimmen Dingen
und vor Schmerz und Weh beschützt,
er wohnt in meinen Schmetterlingen,
in Haut und Herz und Seel geritzt.

Reimlose Zukunftsvision

Die Vergangenheit ändert sich nicht,
wenn du sie wieder und wieder
verdammst und verfluchst,
aber deine Zukunft wird sich ändern,
wenn du die Gegenwart umarmst
und die Vergangenheit dankbar akzeptierst,
- im unerklärbaren Wissen, dass Leben und
Liebe unendlich sind.

Ohne Ende

Aus diesem Teil der Ewigkeit
ging ich schon als Kind,
nur reich an Liebe, nicht an Jahren,
und so durfte ich erfahren,
dass die Liebe und die Zeit
wirklich ohne Ende sind.

Helle Sterne

Die, die uns am meisten fehlen,
sie wurden helle Sterne
und leuchten uns aus ihrer Ferne
Trost und Liebe in die Seelen.

Wolkenaugen

(für meine Schwester Angelika)

Zum Himmel schau ich,
kann's nicht glauben,
denn ich schau im Dämmerlicht
in deine schönen Augen.

Das letzte Blatt

Es hängt ganz einsam noch am Baum
wie ein buntgeträumter Traum,
den jemand längst vergessen hat,
das letzte Blatt.

Wenn die weißen Blüten schweben

Wenn die weißen Blüten schweben
aus den Wolken uns're Herrn,
will ich mir eine Leiter weben
bis zu deinem Seelenkern.

Wenn die weißen Blüten schweben
aus den Wolken uns're Herrn,
weiß ich, du wirst immer leben,
spür ich, du bist mir nicht fern.

Die ewige Flamme

Am Grunde der Triebe,
im Zentrum der Nacht,
brennt immer die Liebe,
die niemals gedacht.

Die Straße der Ewigkeit

(für Dennis ~ Fly in peace~~~)

Mein Auge, es weint,
wenn ich uns're Straße fahr,
die Sonne, sie scheint
so hell wie deine Liebe war.

Mein Herz, es lacht
immer wenn ich an dich denk,
denn jeder Tag, jede Nacht
war das schönste Geschenk.

Einfach lieben

Wer einfach liebt
und ander'n gibt,
der wird am Ende mehr bekommen
als der, der immer nur genommen.

Heilende Stille

Wenn Einsamkeiten mich umweh'n
und ich wieder haltlos wein',
muss ich in die Stille geh'n,
den immer gleichen Seelenschein.

In ihr wohnt die ganze Fülle,
das unbeschränkte, wahre Sein,
und in dieser tiefen Stille
bin ich wirklich, nie allein.

Die schönste Blume

Du siehst die bunten, schönen Blüten
in Gärten voller Prunk und Zier,
doch glaube mir, das ist nur Trug,
die schönste Blume blüht in dir.

Drei schönste Jahre

(für Hasi zum Dreijährigen)

Drei schönste Jahre meines Lebens
war ich jetzt in dir daheim
und in der Sonne deines Wesens
fühlte ich mich nie allein.

Im Ozean des Nichtvergebens
warst du mir ein Ankerstein
und bis zum Ende dieses Lebens
will ich immer bei dir sein.

Wolkenwiesenphantasien

(von Dori, für ihren geliebten Sohn Sean)

Mit dir auf Wolkenwiesen spazieren geh'n.
Hand in Hand laufen über's Watteweich.
Deine kleinen zarten Lippen spüren,
auf meiner Haut, wie Sonnenstrahlen.
Deine Hände wie ein Windhauch in den meinen.
Uns auf einer Wolke niederlegen,
vom Wind getragen
die Flügel entfalten.
Unseren Träumen entgegenfliegen ...

Ich lag am Abend voller Fragen
in deinem bunten Kerzenzimmer,
da hörte ich dich leise sagen:
„Eine Kerze erlischt nie für immer."

Eingedenken

Du wolltest mir ein Buntes schenken,
ein Helles, ein Versteh'n,
doch ich konnte es nicht nehmen,
wollte nur noch geh'n.

Da sah ich von der jungen Rose
ein Blaues still vorüberweh'n,
und in seinem Eingedenken
konnt' ich meinen Engel seh'n.

Aus einem Kelche

Die Hoffnung sagt: „Komm, tanze
durch dieses satte Grün,
wo Schmetterling und Pflanze
wie aus einem Kelche blüh'n."

In der dunkelsten Stunde

In der dunkelsten Stunde der dunkelsten Nacht
erscheinst du mir so ferne,
in der dunkelsten Stunde der dunkelsten Nacht
verliert sich alle Wärme.

In der dunkelsten Stunde der dunkelsten Nacht
weine ich so gerne,
doch in der dunkelsten Stunde der dunkelsten
Nacht
leuchten auch die meisten Sterne.

An deinem Stein

An deinem Stein,
da kann ich weinen
und steh'n,
und bei mir sein.

Voller Gnaden

Die Falter fliegen voller Gnaden
und schenken mir das tiefe Wissen,
dass wir nie verloren haben,
was wir so grenzenlos vermissen.

Justitia

Sehnsucht pulst durch meine Tage
wie ein Bass aus Traum und Zeit,
und die alte Richterwaage
pendelt Glück und Traurigkeit.

Du

(für Jutta)

Du siehst die Wunder dieser Welt
in den allerkleinsten Dingen,
Du bist die Hand, die meine hält,
wenn Zweifel mich zum Weinen bringen.

Du siehst in meiner Nacht das Licht,
den Glanz in grauen Tagen,
wenn and're gehen, gehst Du nicht,
ich bin so froh, Dich hier zu haben.

Das Feuerlicht der Liebe

Das Feuerlicht der Liebe brennt
in meinem tiefen Herzen,
weil es deine Liebe kennt,
jenseits aller Schmerzen.

Ich und du

Wenn Schwernis auch lag auf dem Seelenkissen,
und es jedem Tag an Antworten fehlte
auf die ewige Frage nach dem Warum,
und wenn es auch schmerzte, das stete
Vermissen,
das Niemehrdrücken, das Niewiederküssen,
so hatte ich doch dieses glühende Wissen,
ganz tief in der Seele,
dass alles, was mich immer quälte
nicht trübe und stumpf,
doch gleichsam ganz klar,
und alles, was mir immer fehlte,
nicht die letzte Wahrheit war.

Und als das Leichte die Schwernis ersetzte,
als ein Flügelschlagen mir alles Verletzte
und jegliche Zweifel im Winde verstreute,
da ließ ich Trost und Tränen zu,
und wusste, meine Frage war
nicht die nach dem Warum,
nur die nach dem Wozu,
- bis wir uns endlich wieder drücken,
wieder küssen, ich und du.

Das hat der Tod

Das hat der Tod aus mir gemacht,
das hat die Trauer mir gebracht:
den Menschen, der die Seele spürt,
den Glauben, der ins Leben führt.

Freigeben statt loslassen

Statt uns're Lieben loszulassen
und uns dann dafür zu hassen,
sollten wir die Seel' freigeben
und in Liebe weiterleben.

Lebensbaum

Wenn die Zeit gekommen ist,
dann fällt der dickste Lebensbaum,
dann endet dieser schöne Traum
- und ein neuer wird geboren
aus dem Samen, der du bist.

Brücken von Mensch zu Mensch

(für Stefanie und Ilona)

Die Mauern sind gefallen
durch die Kraft von Winden,
die noch immer in uns hallen,
die Mensch um Mensch verbinden
und in die dunklen Herzen finden.

Aus den Steinen werden starke Brücken,
und der Flügelschlag von Schmetterlingen
weht durch alle Seelenlücken,
will in uns're Herzen dringen
und sie bald zusammenbringen.

Der wilde Wind

Vielleicht weht uns der wilde Wind
bald die Klarheit in die Herzen,
dass alles fliegt, wir ewig sind,
und dass in unser'n tiefsten Schmerzen
in Wahrheit alle Heilung liegt.

Auf dem Regenbogen

(für Martin, Daniel und Jack)

Die Instrumente, die wir haben
spielten Deine leisen Noten,
und wo sich and're Hände gaben,
gabst Du uns die weichen Pfoten.

Viel zu früh ist uns Dein Lied
in die Ewigkeit geflogen,
doch wir hören es, Du spielst
für uns jetzt auf dem Regenbogen.

Unvergänglich

Im Kreislauf des Lebens,
wie in Ebbe und Flut,
liegt der Sinn allen Strebens,
strömen Träume und Blut.

So fließen wir mit den Gezeiten
in den Tränen, mit dem Wind,
in neue Welten, freie Weiten,
und bleiben immer, was wir sind.

Das ewige Band der Liebe

(für Claudia Fromme)

Was bliebe, was bliebe, was bliebe,
wenn der Tod uns bald mit kalter Hand
aus dieser Welt vertriebe?
Wohl, was ich im Dunkeln fand:
Das ewige Band der Liebe.

Zwei Blüten

Die Vergebung und die Liebe
blühen nie allein,
und wenn ich auf den Blüten liege
kann ich wieder glücklich sein.

Auch die dunkelste Nacht

(für Dori)

Auch die dunkelste Nacht
hat ihre Sterne,
und sie leuchten aus der Ferne
in die einsamsten Herzen,
die die grausamsten Schmerzen
auf der Erde durchgemacht.

Auch die dunkelste Nacht
hat ihre Sterne,
und sie hätten ja so gerne,
dass ihr endlich wieder lacht.

Flügelkuss

(für Rita)

Du fehlst mir immer noch so sehr,
denn Du warst die Welt für mich,
ohne Dich fällt alles schwer,
und ich denk so oft an Dich.

Doch gestern kamst Du - ungelogen -
auf meine kalte Hand geflogen,
ich wusste gleich, dass Du es bist,
dass Du mich liebst und nie vergisst.

Ich hörte Dich wie früher lachen,
mit mir Deine Scherze machen,
wie im Urlaub an der See,
und jetzt tut es nicht mehr weh.

Ich kann Dich immer noch nicht haben,
doch wenn ich heute weinen muss,
spüre ich den sanften Kuss,
den mir Deine Flügel gaben.

Deine Flügel sind die meinen

(für Ilona Diensthuber und ihren Sohn)

Mein Sohn, ich seh das schönste Licht
durch Deine Flügel scheinen,
und weiß, als es sich in mir bricht:
Deine Flügel sind die meinen.

Bei Gott geborgen

Ich weiß nicht, wo der Himmel ist,
doch ich spüre jeden Morgen,
dass die Seele nie vergisst,
dass du immer bei mir bist
- und doch bei Gott geborgen.

Das ist nicht das

Ende~~~

2770994R00065

Printed in Germany
by Amazon Distribution
GmbH, Leipzig